世界儿童经典故事绘本

说大话的泰德

［荷］丹·米勒　　［美］西斯亚·古德曼　著

［澳］迈克·克罗姆　绘

蒋瑜秀　译

四川科学技术出版社

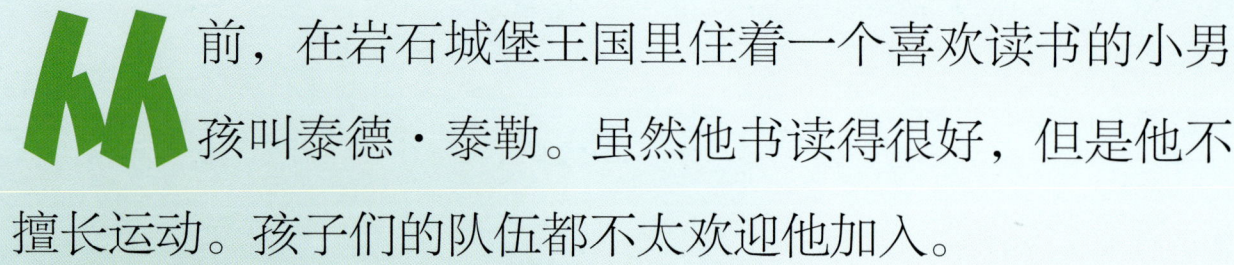前，在岩石城堡王国里住着一个喜欢读书的小男孩叫泰德·泰勒。虽然他书读得很好，但是他不擅长运动。孩子们的队伍都不太欢迎他加入。

泰德努力尝试了，但是他有点矮小，有点慢，做任何运动身体都不太协调。甚至有时他已经做到自己能做的最好了，其他的孩子还是会嘲笑他。

"我要让他们瞧瞧我有多厉害！"泰德握紧拳头暗暗发誓说。有一天，他给学校的孩子们吹牛，说他拥有一种神秘的力量。

"昨天一只狐狸从我家的鸡圈里偷了一只小鸡。我捡起一块大石头，把它扔出了一百米远。石头把鸡圈砸出了一个大洞，然后狐狸就被吓跑啦。"

"证明给我们看看。"孩子们要求道。

泰德就把他们带到他家，他家有个大谷仓，那上面确实有个大洞，泰德的爸爸正在给谷仓加窗户呢。

第二天孩子们说："加入我们的队伍吧，看看你能扔多远。"

泰德很快找了个借口说："谢谢，但是我现在得给奶牛挤奶去了。再见。"然后就跑掉了。

孩子们开始对泰德产生兴趣了。格兰问他："嗨，泰德，牛奶挤得怎么样？"

泰德又继续吹牛："我到了牛圈，所有的奶牛都跑出来了，我像风一样跑过去，把每头牛抓住并扛回了牛圈。"

"证明给我们看看。" 格兰要求道。

泰德把他们带到他家，所有的奶牛正好都在牛圈里。泰德大声对妈妈说："我们没有丢掉一头牛，是不是太棒了？"

"是的，得谢谢泰德把他们带回来。"妈妈回答说。

泰德没有告诉孩子们，其实他只是帮爸爸把牛从牧场赶回来了而已。

"你一定跑得又快，力气又大！"翠茜崇拜地说。

第二天，格兰说："泰德是我们队的了。"但是泰德今天又找了个新借口，"我今天感觉不舒服。"他假装打了个喷嚏，"啊……嚏！我得休息了。再见。"

泰德的故事越讲越离奇，大家也越来越关注他了。"嗨，泰德，你的感冒好了吗？"孩子们第二天问他。

泰德又撒了个更大的谎："我打喷嚏打得太大了，把我家周围的树都吹倒了。"

"你比龙卷风还厉害！"翠茜赞叹地说。

"证明给我们看看。"格兰要求道。

泰德把他们带回家，给他们看了一大块地，昨天他爸爸在那儿刚刚砍了所有的树，准备建一个新的谷仓。

没等更多新的游戏和故事开始，岩石城堡王国的侍卫就带回来了一个糟糕的消息。

有一条可怕的龙要来袭击这里了！

"把孩子们藏起来！" 妈妈们喊道。"我们就要死了！" 小丑杰斯特哼哼地说。"谁能救救我们？" 城里的人们都叫道。

　　"派泰德·泰勒去。他能把大石头扔出一百米远；他跑得像风一样快；他能举起难以置信的重量；他打个喷嚏都能吹倒一片森林！"学校的孩子们一起喊道。

　　"是的是的，就是泰德·泰勒，"所有人跟着喊道，"只有他能救我们。"

　　"来吧，年轻人，"国王说，"向前一步，接受这套盔甲去打败这条可恶的龙。你的壮举和勇猛将会被众人牢记。"

泰德的手几乎都握不拢剑，宝剑长得像一支矛，国王给了他一个大大的盾牌，还给他戴上了一顶银色的头盔。

头盔太重了，要不是泰德用盾牌撑住自己，他就摔倒了。他站在盾牌后面摇摇晃晃得像个不倒翁。

"现在，泰德，跟我们道别并承诺拯救我们吧！"国王命令道。

泰德看着他的家人和全城的人们，他觉得又羞愧又尴尬。"我不行。"他小声地说。

"年轻人，说吧，给我们说出你的豪言壮语。"国王要求道。每个人都竖起耳朵听着。

终于，泰德决定得说出实情了。"我撒谎了，所有的故事都是我编的，都不是我做的。"泰德的头低到胸口。他脱下盔甲把它们堆在一起。

　　"这下我们怎么办啊？"全城的人都喊起来。"我们要完蛋了。"小丑杰斯特不停地说。

　　泰德希望他从没讲过那些大话，他真希望他此时正在图书馆里读书。

"书，就是它！"泰德的眼睛抬了起来。他跑向一只鹅，拔下它最粗的一根羽毛，然后跑进人群，挥舞着羽毛大声说："大家听着，我读过图书馆的一本书，书中说用鹅毛挠恶龙的尾巴可以让它睡着！"

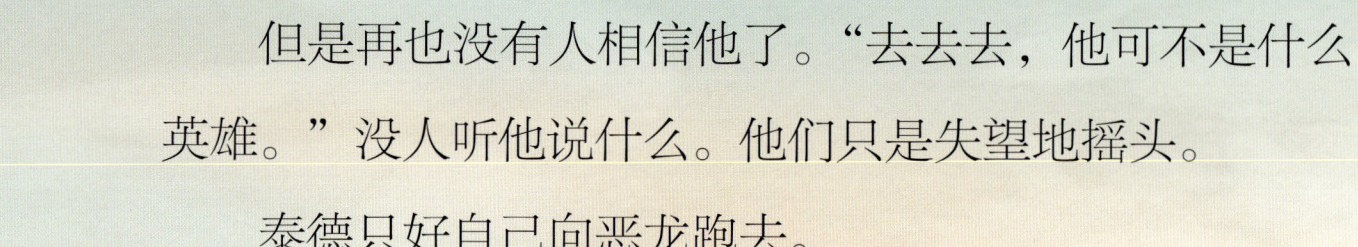

但是再也没有人相信他了。"去去去，他可不是什么英雄。"没人听他说什么。他们只是失望地摇头。

泰德只好自己向恶龙跑去。

让泰德开心的是，那条恶龙正在湖边喝水。泰德悄悄地溜到它的背后，然后用鹅毛在它那条恐怖的大尾巴上挠起来。

恶龙发出咯咯的笑声，打了个哈欠，就睡着了。最后，扑通一声，头栽进了水里，还没等恶龙反应过来，它就沉下湖底淹死了。

"他成功了！"一直尾随着泰德的孩子们欢呼起来。

他们把泰德举起来架在肩膀上，接回城里。泰德是个英雄，全城都在为他欢呼。

"聪明的年轻人，过来，"国王一边叫他，一边举起他镶着宝石的剑，"泰德，因为你的两个勇敢的行为——勇敢地告诉我们真相并承认了错误，勇敢地用书本里的知识打败了恶龙，我要封你为……

"屠龙英雄泰德·泰勒骑士……"

从此以后，只要遇到难解的问题，人们就会跑去图书馆，到屠龙骑士——泰德·泰勒曾经喜欢读书的地方去寻找答案。

关于图书馆和龙的趣闻

★ 世界上最大的图书馆是美国国会图书馆。书架总长度约1 200千米。美国国会图书馆最小的书是《老国王科尔》，每一页的面积只有1平方毫米，也就是句号那么大。只有用针才能翻动书页。

★ 科莫多巨蜥（Varanus komodoensis）是世界上最大的蜥蜴，是一种爬行动物。科莫多巨蜥可以长到3米长。

★ 科莫多巨蜥一年只吃12顿饭。

图书在版编目（CIP）数据

说大话的泰德 / (荷) 丹·米勒, (美) 西斯亚·古
德曼著 ; (澳) 迈克·克罗姆绘 ; 蒋瑜秀译. —— 成都：
四川科学技术出版社，2023.5
（世界儿童经典故事绘本）
书名原文：Ted's Tall Tales
ISBN 978-7-5727-0885-5

Ⅰ. ①说… Ⅱ. ①丹… ②西… ③迈… ④蒋… Ⅲ.
①儿童故事—图画故事—荷兰—现代②儿童故事—图画故
事—美国—现代 Ⅳ. ①I563.85②I712.85

中国国家版本馆CIP数据核字（2023）第037042号

著作权合同登记图进字 21-2022-380号

Copyright: © Scandinavia Publishing House
中文独家版权：北京圣品国际文化有限公司

世界儿童经典故事绘本
SHIJIE ERTONG JINGDIAN GUSHI HUIBEN

说大话的泰德
SHUODAHUA DE TAIDE

著　　者　［荷］丹·米勒　　［美］西斯亚·古德曼
绘　　者　［澳］迈克·克罗姆
译　　者　蒋瑜秀

出 品 人　程佳月
责任编辑　张　姗
助理编辑　李　礼
责任出版　欧晓春
出版发行　四川科学技术出版社
　　　　　　成都市锦江区三色路238号　邮政编码 610023
　　　　　　官方微博　http://weibo.com/sckjcbs
　　　　　　官方微信公众号　sckjcbs
　　　　　　传真　028-86361756
成品尺寸　285 mm × 210 mm
印　　张　2
字　　数　40千
印　　刷　河北炳烁印刷有限公司
版　　次　2023年5月第 1 版
印　　次　2023年5月第 1 次印刷
定　　价　49.80元

ISBN 978-7-5727-0885-5

邮　　购：成都市锦江区三色路238号新华之星A座25层　邮政编码：610023
电　　话：028-86361770